客厅设计及材料注解 3000例

2012全新客厅典藏版

量大·质优·超值

3000 cases of sitting room
design and material comments

《客厅设计及材料注解3000例》编写组 编

现代主义

U0154870

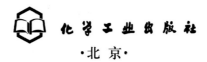
化学工业出版社

·北京·

编写人员名单（排名不分先后）

许海峰	邓群	张淼	王红强	谢蒙蒙	董亚梅	任志军
张志红	周琪光	任俊秀	张凤霞	王乙明	胡继红	黄俊杰
袁杰	李涛	卢立杰	田广宇	童中友	张国柱	柏丽

图书在版编目(CIP)数据

客厅设计及材料注解3000例．现代主义／《客厅设计
及材料注解3000例》编写组编．—北京：化学工业出版
社，2012.1
ISBN 978-7-122-13226-0

Ⅰ．客… Ⅱ．客… Ⅲ．①客厅－室内装修－建筑设计
②客厅－室内装修－装修材料 Ⅳ．①TU767 ②TU56

中国版本图书馆CIP数据核字(2012)第003856号

责任编辑：邹 宁 装帧设计：锐扬图书
QQ407814337

出版发行：化学工业出版社(北京市东城区青年湖南街13号 邮政编码100011)
印 装：北京画中画印刷有限公司
889mm×1194mm 1/16 印张 5½ 2012年 3 月北京第 1 版第 1 次印刷

购书咨询：010-64518888 (传真：010-64519686) 售后服务：010-64518899
网 址：http://www.cip.com.cn
凡购买本书，如有缺损质量问题，本社销售中心负责调换。

定 价：29.80元

Contents 目录

目录

Contents

让大客厅不空荡的设计方法

　　大客厅能够给人提供舒适自如的活动空间，但有时也容易给人空旷的感觉，要想克服这一问题，最简单的办法是巧妙地使用各种小饰品，如在一面墙壁上悬挂一组较小（不宜过大）的装饰画，不但装饰效果好，还会给人饱满感。此外，在大客厅中使用色彩较艳丽、图案较抽象的地毯，也会收到很独特的装饰效果。在大客厅中适当摆放绿色植物，再使用有变化的光源，大客厅很容易就会变得不再空荡。

彩色乳胶漆　　　　　　　　反光灯带

装饰镜面　　　　　　　　反光灯带

亚光地砖　　　　　　　　装饰画

地毯　　　　　　　　装饰壁纸

实木地板　　　　　　　　木质搁板

装饰壁纸　　　　　　　　木质装饰立柱

茶色玻璃　　　　　　　　装饰画

亚光地砖　　　　　　　羊毛地毯　　　　　　　　　　装饰画

反光灯带　　　　　实木造型混漆

茶色玻璃

密度板肌理造型　　　　　装饰画

装饰壁纸

拼花地砖　　　　　　　　　　装饰画　　　　　　白色乳胶漆　　　　　　　　　　实木地板

仿古砖　　　　　　　　　　茶色玻璃　　　　　　艺术玻璃　　　　　　　　　　拼花地砖

白色乳胶漆　　　　　　　　木质搁板　　　　　　实木造型混漆　　　　　　　　玻化砖

反光灯带　　　　　　　　柚木饰面板　　　　　　玻化砖　　　　　　　　　　白色乳胶漆

羊毛地毯　　　　　　　　　　　　大理石饰面

装饰画　　　　　　　　彩色乳胶漆

装饰壁纸　　　　　　艺术玻璃

反光灯带　　　　　　　大理石饰面

菱形车边镜　　　　　　　　　　装饰画

巧妙设计让小客厅变大（1）

1.适当点缀：巧妙设计，不大量摆设物件，也不购买太多饰物，空间的偶尔留白更能衬托出主体的气氛。

2.旧物新用：原有的家居用品只要稍微装扮一下，或加点配饰，即可产生新面貌。例如旧家具根据现在的装饰风格套个色或加块新桌布等，又可和新家融为一体。

3.保持简洁：多购置收纳式储藏柜，使空间具有更强的收纳功能，在视觉上减少杂物。

4.少用大家具：少用大型的酒柜、电视柜等，使空间的分隔单纯化。如果大型家具十分需要，则最好往角落放。沙发的选用尤其要谨慎，因为沙发体量较大，极有可能会占去半个客厅。

5.利用立体空间：如将木板钉于壁面，即可收纳 CD 等杂物。

羊毛地毯　　　　　亚光地砖

装饰壁纸　　　　　玻化砖

拼花地砖　　　　　装饰画

地毯　　　　　大理石饰面

玻化砖　　　　　中空玻璃

装饰壁纸　　　　　水晶吊灯

羊毛地毯 　　　　　　　　　　　　　　　　鹅卵石

羊毛地毯

装饰画 　　　　　　　　　　　　　　　密度板肌理造型

装饰画 　　　　　　　　　　　　反光灯带

拼花地砖 　　　　　　　　　　　　反光灯带

巧妙设计让小客厅变大（2）

1. 客厅餐厅半开放：客厅和餐厅间的非承重隔墙可以打掉，以具有储藏功能的收纳柜来分隔空间。

2. 轨道门增加空间机动性：充分运用轨道式拉门，增加空间机动性。

3. 巧用分隔装饰布：巧妙运用装饰布，既可以营造温馨的居家空间，又可以随时更换。比如，自天花板悬挂的织物可以有效分隔空间，在不用时又可以拉起以拓展空间。

4. 充分利用客厅空间：可在客厅角落以简单的桌椅布置出一个工作空间，再以屏风来做遮挡。

装饰壁纸　　　　　　　　　　　　装饰画

地毯　　　　　　　　　　　釉面砖

亚光地砖　　　　　　　　　装饰壁纸

装饰壁纸　　　　　　　复合木地板

羊毛地毯　　　　　白色乳胶漆

艺术墙贴　　　　　　　　反光灯带

黑晶玻璃　　　　　　　　　大理石地砖　　　　　　　　　　　　　　装饰画

大理石地砖　　　　　　　　装饰画　　　　装饰壁纸　　　　　　　　反光灯带

大理石饰面　　　　　　　　装饰画　　　　　　　地毯　　　　白色乳胶漆

装饰画　　　　　　　　　　亚光地砖

装饰壁纸　　　　　　　　　装饰珠帘

装饰镜面　　　　　　　　　装饰珠帘

柚木饰面板　　　　　　　　亚光地砖

装饰画　　　　　　　　　　装饰壁纸

白色乳胶漆　　　　　　　　装饰画

艺术玻璃　　　　　　　　　艺术墙贴

艺术玻璃　　　　　　　　　装饰画

装饰画　　　　　　　　　　　　　　　　　　　　装饰壁纸

羊毛地毯　　　　　　　　装饰壁纸　　　　　装饰壁纸

反光灯带　　　　　白色乳胶漆　　　　彩色乳胶漆　　　　　白色乳胶漆

朝南和朝西客厅的墙面宜选择冷色系涂料

朝南的客厅无疑是日照时间最长的。充足的日照使人温暖，同时也容易使人浮躁。因此，大面积深色的应用会使人感到更舒适。朝西的客厅由于受到一天中最强烈的落日夕照的影响，感觉会比较炎热，客厅墙面如果选用暖色会加剧这种感觉，而选用冷色系涂料会让人觉得清凉些。

装饰画　　　　　　羊毛地毯

装饰画　　　　　　白色乳胶漆

地毯　　　　　　复合木地板

装饰壁纸　　　　　　装饰画

地毯　　　　　　柚木饰面板

大理石饰面　　　　　　白色乳胶漆

地毯　　　　　　装饰壁纸

装饰画　　　　　　　　　反光灯带　　　　　　　　　装饰壁纸

装饰壁纸　　　　　　装饰画

装饰画　　　　　　装饰壁纸

白色乳胶漆　　　　　　木质格栅

压白钢条　　　　　　装饰镜面

朝东和朝北客厅的墙面宜选择暖色系涂料

　　理论上，朝东的客厅最早晒到阳光。由于早上的日光最柔和，所以可以选择任何颜色。但是房间也会因为阳光最早离开而过早变暗，所以高亮度的浅暖色是最理想的色彩，像明黄色、淡金色等。朝北的客厅因为没有日光的直接照射，在选墙面色时应多用暖色、避免冷色，且用色明度要高，不宜用暖而深的色调，这样空间会显得暗，让人感觉沉闷、单调。

装饰壁纸　　　　　　　　反光灯带

白色乳胶漆　　　　　　　手绘墙饰

黑晶玻璃　　　　　　　　白色乳胶漆

布艺软包　　　　　　　　装饰壁纸

实木地板　　　　　　　　彩色乳胶漆

实木造型混漆　　　　　　装饰壁纸

装饰壁纸　　　　　　　　亚光地砖

地毯　　　　　　　　　　　装饰画

装饰壁纸　　　　　　　　　　大理石饰面

反光灯带

装饰画　　　　　　　　　　柚木饰面板

洞石　　　　　　　　　　　羊毛地毯

黑晶玻璃　　　　　　　　　　装饰画

茶色玻璃　　　　　　　　　　　白色乳胶漆

黑晶玻璃　　　　　　　　　　　白色乳胶漆

实木造型混漆　　　　　　　　　白色乳胶漆

装饰壁纸　　　　　玻化砖

装饰画　　　　　　　　　　　　彩色乳胶漆

装饰画　　　　　　　　　　　　羊毛地毯

装饰画　　　　　　　　玻化砖

大理石拓缝　　　　　　　　　　　　　　　　装饰画

艺术玻璃　　　　　　　　　　白色乳胶漆　　　　　复合木地板　　　　　　　白色乳胶漆

地毯　　　　　　　　　　　　　　装饰壁纸　　　　　　　　　　反光灯带

艺术墙贴　　　　　　　　　　　白色乳胶漆

实木造型混漆　　　　　　　　　装饰壁纸

反光灯带　　　　　　　　　　　柚木饰面板

装饰壁纸　　　　　　　　　　　白色乳胶漆

装饰画　　　　　　　　　　　　白色乳胶漆

装饰画　　　　　　　　　　　　柚木饰面板

装饰画　　　　　　　　　　　　茶色玻璃

实木地板　　　　　　　　　　　羊毛地毯

装饰壁纸　　　　　　　　反光灯带

石膏板拓缝　　　　　　　白色乳胶漆

羊毛地毯　　　　　　　　装饰壁纸

艺术玻璃　　　　　　　　白色乳胶漆

彩色乳胶漆　　　　　　　艺术墙贴

亚光地砖　　　　　　　　装饰画

装饰壁纸　　　　　　　　　　白色乳胶漆

小客厅墙面壁纸的选择

　　在面积较小的客厅使用冷色壁纸会使空间看起来更大一些。此外，使用一些亮色或者浅淡的暖色加上一些小碎花图案的壁纸，也会取得这种效果。中间色系的壁纸加上点缀性的暖色小碎花，通过图案色彩的对比，也会巧妙地转移人们的视线，在不知不觉中扩大原本狭小的空间。

实木地板　　　　　　　　　　装饰画

装饰壁纸　　　　　　　　　　柚木饰面板

密度板肌理造型　　　　　　　石膏板拓缝

拼花地砖　　　　　　　　　　装饰画

装饰画　　　马赛克

柚木饰面板　　　　　　　　　地毯

亚光地砖   装饰壁纸

艺术墙贴   反光灯带

装饰壁纸   反光灯带

皮革软包

装饰壁纸

羊毛地毯   装饰壁纸

装饰画　　　　　　　　　　　　　　　　　　　羊毛地毯　　　　　　鹅卵石

柚木饰面板　　　　　　白色乳胶漆

玻化砖　　　　　　装饰画

木质搁板　　　　　　　　装饰画

地毯　　　　　　　密度板混漆

石膏板拓缝　　　　　　　　装饰画

装饰画

装饰画　　　　　　　　装饰壁纸

羊毛地毯　　　　　　　　马赛克

地毯　　　　　　　　装饰画

装饰画　　　　　　　　黑晶玻璃

羊毛地毯

复合木地板　　　　　　　　装饰画

白色乳胶漆   彩色乳胶漆

羊毛地毯   白色乳胶漆

黑晶玻璃   装饰画

羊毛地毯   艺术墙贴

拼花地砖   装饰画

实木造型混漆   柚木饰面板

装饰画　　　　　　　　　　　　　　　　　　　手绘墙饰

木质格栅　　　　　　　反光灯带

大理石地砖

实木拼条　　　　　　密度板肌理造型　　　　　　反光灯带　　　　　　大理石肌理造型

墙面壁纸用量的估算

购买壁纸之前要算好用量，以便一次性买足同批号的壁纸，减少不必要的麻烦，也避免浪费。壁纸的用量用下面的公式计算：

壁纸用量（卷）=[客厅周长 × 客厅高度 ×(100+K)] / 每卷壁纸可铺的面积

式中，K 为壁纸损耗率，一般为 3 ～ 10；一般标准壁纸每卷可铺的面积为 5.2 平方米。

K 值的大小与下列因素有关。

1. 壁纸图案大小。大图案拼缝对花复杂，所以比小图案的利用率低，因而 K 值略大；需要对花的图案比不需要对花的图案利用率低，K 值略大；同向排列的图案比横向排列的图案利用率低，K 值略大。

2. 裱糊面性质。复杂的裱糊面要比普通平面需用的壁纸多，K 值高。

3. 裱糊方法。用拼缝法对拼接缝时壁纸利用率高，K 值小；用重叠裁切拼缝法裱糊时壁纸利用率低，K 值大。

可以看出，即使是同一房间，选用不同质地、不同花色的壁纸，或采用不同的裱糊方法，壁纸的用量都不一样。购买时，要详细咨询销售人员，确定完壁纸品种后再计算用量。

亚光地砖　　　　　　　　　　　马赛克

玻化砖　　　　　　　　　　大理石饰面

彩色乳胶漆　　　　　　　　　　装饰壁纸

反光灯带　　　　　　　　　　装饰壁纸

装饰画　　　　　　　　　　　装饰壁纸

装饰壁纸　　　　　　　　　　　装饰画

反光灯带　　　　　　　大理石饰面　　　艺术墙贴

装饰壁纸

密度板拼贴　　　　　　黑晶玻璃

实木拼条　　　　　　反光灯带

白色乳胶漆　　　　　　装饰画

装饰壁纸　　　　　　　　复合木地板

装饰画　　　　羊毛地毯　　　　黑晶玻璃

木质搁板　　　　　　　　反光灯带

彩色乳胶漆　　　　　　　玻化砖

实木地板　　　　　　　　装饰珠帘

地毯　　　　　　　　　　装饰画

茶色玻璃　　　　　　白色乳胶漆

大理石饰面　　　　　　　反光灯带

大理石饰面　　　　　　　羊毛地毯　　　　　　　　　　　　　　装饰画

大理石拓缝　　　　　　　彩色乳胶漆

复合木地板　　　　　　　实木造型混漆

复合木地板　　　　　　　白色乳胶漆

大理石拓缝　　　　　　　装饰壁纸

墙面漆用量的计算

墙面漆施工面积的计算公式如下：

墙面漆施工面积 ＝（建筑面积 ×80% － 厨房和卫生间的面积）×3。

建筑面积 ×80% 其实就是在计算房屋的使用面积，现在商品房建筑面积的实际利用率一般在80%左右，厨房、卫生间一般采用瓷砖、铝扣板，该部分面积不参加墙面漆施工面积的计算。该计算方法得出的面积包括天花板，吊顶对墙漆的施工面积影响不大，可以忽略不计。

墙漆用量：按照标准施工程序的要求，底漆的厚度为30 微米，5升底漆的施工面积一般在65 ～ 70 平方米；面漆的推荐厚度为60 ～ 70 微米，5升面漆的施工面积一般在 30 ～ 50 平方米。底漆用量（升）＝施工面积（平方米）／ 70；面漆用量（升）＝施工面积（平方米）／ 35。

装修时，油漆工一般是按施工面积收费的。一定要注意的一点是：不管是装饰公司还是油漆工，计算墙漆施工面积时一般都不会去除门、窗面积。相反，因为刷门、窗边墙时技术难度较高，有时还会另有收费。

石膏板吊顶　　　　　　　大理石饰面

装饰壁纸　　　　　　　　茶色玻璃

反光灯带　　　　　　　　大理石饰面

实木地板　　　　　　　　白色乳胶漆

装饰壁纸　　　　　　　　装饰画

白色乳胶漆　　　　　　　羊毛地毯

装饰壁纸　　　　　　　　　　　　装饰画　　白色乳胶漆

装饰画　　　　　　　木质搁板

反光灯带　　　　　　　压白钢条

白色乳胶漆　　　　　　装饰壁纸

玻化砖　　　　　　　　装饰画

处理壁纸起皱的方法

　　起皱是最影响壁纸装饰效果的缺陷，其原因除壁纸质量不好外，主要是由于施工中出现褶皱时没有顺平就擀压刮平所致。施工中要用手将壁纸舒展平整后才可擀压，出现褶皱时，必须将壁纸轻轻揭起，再慢慢推平，待褶皱消失后再擀压平整。如出现死褶，壁纸未干时可揭起重贴，如已干则需撕下壁纸，重新处理基层后再裱贴。

实木饰面板　　　　　　　　　　白色乳胶漆

马赛克　　　　　　　　　　装饰画

大理石饰面　　　　　　　　反光灯带

反光灯带　　　　　　　　玻化砖

装饰壁纸　　　　　　　　白色乳胶漆

柚木饰面板　　　　　　　　装饰画

装饰镜面　　　　　　　　装饰画

手绘墙饰　　　　　　　复合木地板　　　　　　　　　　　装饰壁纸

羊毛地毯　　　　复合木地板

大理石拓缝　　　　　　　装饰画

装饰画　　　　　　实木地板　　　　　白色乳胶漆

实木地板　　　　　　　装饰画　　　　　装饰画　　　　　　　反光灯带

装饰壁纸　　　　　　　白色乳胶漆　　　实木地板　　　　　　装饰镜面

羊毛地毯　　　装饰壁纸

黑晶玻璃　　　　　　　装饰画　　　　　艺术玻璃　　　　　　白色乳胶漆

手绘墙饰　　　　　　　　　　　　　　　　　反光灯带　　　　黑晶玻璃

反光灯带　　　　　　玻化砖

石膏板拓缝

装饰壁纸　　　　　　白色乳胶漆

装饰壁纸　　　　　　艺术玻璃

实木造型混漆　　　　　　　　鹅卵石　　　　　　　　羊毛地毯　　　　　　　　大理石饰面

大理石地砖　　　　　　　　装饰壁纸　　　　　　　　洞石　　　　　　　　艺术玻璃

装饰画　　　　　　　　装饰镜面　　　　　　　　装饰壁纸　　　　　　　　清玻璃

装饰珠帘　　　　　　　　装饰镜面　　　　　　　　实木造型混漆　　　　　　　　釉面砖

马赛克　　　　　　　　　　　　实木造型混漆　　　　　装饰画

装饰壁纸　　　　　　　　实木造型混漆

实木地板

玻化砖　　　　　钢化玻璃　　　　　　装饰壁纸　　　　实木地板

避免壁纸出现气泡的方法

壁纸出现气泡的主要原因是胶液涂刷不均匀，裱糊时未擀出气泡。施工时为了防止漏刷胶液，可在刷胶后用刮板刮一遍，以保证刷胶均匀。如施工中发现气泡，可用小刀割开壁纸，放出空气后，再涂刷胶液刮平，也可用注射器抽出空气，注入胶液后压平，这样可保证壁纸贴得平整。

装饰壁纸　　　　　　　　　　　　装饰珠帘

装饰画　　　　　　　　　　洞石

白色乳胶漆　　　　　　　亚光地砖

玻化砖　　　　　　　　　装饰画

创意搁板　　　　　　　彩色乳胶漆

装饰镜面　　　　　　　　柚木饰面板　　　　　　地毯

装饰画 柚木饰面板

艺术玻璃 洞石

创意搁板 柚木饰面板

彩色乳胶漆

装饰壁纸 亚光地砖

装饰画　　　　　反光灯带　　　　　　装饰壁纸　　　　玻化砖

羊毛地毯　　　　装饰珠帘　　　　　装饰画　　　　　　　柚木饰面板

羊毛地毯　　　　艺术墙贴　　　　　　　艺术墙贴

装饰画　　　　　装饰壁纸　　　　　玻化砖　　　　　艺术玻璃

白色乳胶漆

装饰画

装饰壁纸

实木造型混漆

装饰画　　　　　　　　创意搁板

装饰画　　　　　　　　白色乳胶漆

反光灯带　　　　　　　　马赛克　　　　　　　　玻化砖　　　　　　　　装饰画

石膏板拓缝　　　　　　　装饰画　　　　　　　　石膏板拓缝　　　　　　　艺术墙贴

白色乳胶漆　　　　　　　木质搁板　　　　　　　实木地板　　　　　　　　亚克力饰面板

大理石饰面　　　　　　　　　　　　　拼花地砖　　　　　　　　装饰画

装饰画　　　　　　　　　　　　　　　　　　　　　大理石饰面

装饰壁纸　　　　　　　　　　　　布艺软包

艺术墙贴　　　　　　　　　　　　装饰壁纸

玻化砖　　　　　　　　　　　　装饰画

胡桃木饰面　　　　　　　　　　　　装饰画

壁纸离缝或亏纸的处理

　　壁纸离缝或亏纸的主要原因是裁纸尺寸测量不准、铺贴不垂直。在施工中应反复核实墙面的实际尺寸，裁割时要留 10～30mm 余量。擀压胶液时，必须由拼缝处横向向外擀压，不得斜向或由两侧向中间擀压，每贴 2～3 张壁纸后，就应用吊锤在接缝处检查垂直度，及时纠偏。发生轻微离缝或亏纸，可用同色乳胶漆描补或用相同壁纸搭茬贴补，如离缝或亏纸较严重，则应撕掉重裱。

反光灯带　　　　　　　　装饰画

艺术玻璃　　　　　　　　白色乳胶漆

釉面砖　　　　　　　　装饰壁纸

实木地板　　　　　　　　装饰画

反光灯带　　　　　　　　釉面砖

装饰壁纸　　　　　　　　大理石饰面

仿古砖　　　　　　　　黑胡桃木饰面

白色乳胶漆　　　　　　复合木地板　　　　　　装饰壁纸

菱形车边镜　　　　　　装饰壁纸

装饰壁纸　　　　　　　装饰画

白色乳胶漆　　　　　　柚木饰面板

彩色乳胶漆　　　　　　装饰壁纸

坡化砖　　　　　　　　　马赛克

羊毛地毯　　　　　　　　大理石拓缝

反光灯带　　　　　　　　装饰壁纸

青砖饰面　　　　　　　　实木造型混漆

装饰壁纸　　　　　　　　装饰画

柚木饰面板　　　　　　　木质格栅

羊毛地毯　　　　　　　　彩色乳胶漆

羊毛地毯　　　　　　　　装饰壁纸

柚木饰面板　　　　　　　　　　　　　　　　反光灯带

白色乳胶漆　　　　　　　　　装饰画

装饰壁纸

大理石饰面　　　　　　　　　装饰画

玻化砖　　　　　　　　　装饰画

镜面玻璃的安装和保养

　　装镜面玻璃以装在一面墙上为宜，不要两面墙都装，这样容易造成反射。镜面玻璃的安装应在背面及侧面做好封闭，以免酸性的玻璃胶腐蚀镜面或背面的水银，造成镜子斑驳。平时应避免阳光直射，也不能用湿手去摸镜面，以免潮气侵入，使镜面的反光层变质发黑。还要注意不要使镜面接触到盐、油脂和其他酸性物质，因为这些物质很容易腐蚀镜面。

装饰壁纸　　　　　　　　　　　　　装饰画

装饰壁纸　　　　　　　　　　装饰画

装饰壁纸　　　　　　　　　　地毯

装饰壁纸　　　　　　　　装饰珠帘　　　　　　玻化砖　　　　　　　　　　艺术玻璃

装饰壁纸　　　　　　　反光灯带　　　　　　　　　　　　　　　　　白色乳胶漆

樱桃木饰面板　　　　　地毯　　　　　　　　　　　装饰画

压白钢条　　　　　　反光灯带

装饰画

实木地板　　　　　　装饰画

装饰壁纸　　　　　　　装饰画

水泥板饰面的施工

　　若要用水泥板装饰墙面，施工前要先在墙体上打一层底板，以提高墙面的强度及改善平整度。打完底板后才能将水泥板用钉枪及益胶泥固定在底板上。底板可选木夹板、木芯板等。要注意的是，水泥板表面一定要再涂一层透明的涂料。因为水泥板表面有很多毛细孔，容易污染、吃色，上透明的涂料可保护其表层。选购涂料时，应确认涂料有抗紫外线、耐黄变、耐水性、耐候性等特点，这样水泥板才能常保如新。因为如果选用性能不佳的涂料或是木质专用的涂料，会引发涂层变黄、变灰或出现斑点等问题。

反光灯带　　　　　　　　　　　　柚木饰面板

实木地板　　　　　　　　　　　　装饰画

木质搁板　　　　　　　　　　　　仿古砖

实木地板　　　　　　　　　　　　装饰画

羊毛地毯

装饰画

装饰画　　　　　　　　　黑晶玻璃　　　　白色乳胶漆　　　　　　　　黑晶玻璃

反光灯带　　　艺术墙贴　　　　　　　　反光灯带

黑晶玻璃　　　　　　反光灯带　　　装饰画

反光灯带　　　　　　　　玻化砖

彩色乳胶漆　　　　　　　柚木饰面板

白色乳胶漆　　　　　　　装饰壁纸

釉面砖　　　　　　　　　石膏板吊顶

黑晶玻璃　　　　　　　　装饰镜面

柚木饰面板　　　　　　　装饰壁纸

装饰画　　　　　　　　　装饰壁纸

装饰壁纸　　　　　　　　白色乳胶漆

装饰壁纸　　　　　　　　　　　　　　　　文化砖饰面　　　　墙砖

羊毛地毯　　　　装饰镜面　　　　柚木饰面板　　　　　　　白色乳胶漆

艺术玻璃　　　　　　　　　　　装饰画　　　　　　　　柚木饰面板

彩色乳胶漆　　　　　　　　　釉面砖

艺术墙贴　　　　　　　　　石膏板吊顶

地毯

艺术玻璃　　　　　　　　　白色乳胶漆

复合木地板　　　　　　　　木质搁板

艺术墙贴　　　　　　　　　艺术玻璃

艺术墙贴　　　　　　　　　艺术玻璃

柚木饰面板　　　　　　　　装饰画

柚木饰面板　　　　　　　　艺术玻璃

装饰壁纸　　　　　　　　羊毛地毯

亚光地砖　　　　　　　　密度板肌理造型

手绘墙饰　　　　　　　　反光灯带

装饰画　　　　　　　　大理石饰面

羊毛地毯　　　　　　　　实木造型混漆

木纤维壁纸的选购

1.闻气味：揭开壁纸的样本，特别是新样本，凑近闻其气味。木纤维壁纸散发出纯正的木香味，几乎闻不到气味的或有异味的壁纸一般不是木纤维材质的。

2.用火烧：这是最有效的办法。木纤维壁纸在燃烧时没有黑烟，燃烧后变成白色的灰烬。如果壁纸燃烧时冒黑烟、有臭味，则有可能是PVC材质的壁纸。

3.做滴水试验：这个方法可以检测壁纸的透气性。在壁纸背面滴上几滴水，看是否有水渍透过纸面。如果看不到，则说明这种壁纸不具备透气性，不是木纤维壁纸。

4.用水泡：把一小块壁纸泡进水里，再用手指刮壁纸表面和背面，看其是否褪色或被泡烂。真正的木纤维壁纸质地结实，并且因其染料为纯天然成分，不会因为水泡而脱色。

反光灯带　　　　　　　　　　白色乳胶漆

白色乳胶漆　　　　　　　　　创意搁板

大理石地砖　　　　　　　　　装饰壁纸

实木地板

装饰壁纸　　　　　　　　　　木质格栅

大理石饰面　　　　　　　　　白色乳胶漆

装饰壁纸　　　　　　　　复合木地板　　　　　　　　　　　　白色乳胶漆

羊毛地毯

白色乳胶漆　　　　　　　　　　装饰壁纸

羊毛地毯

装饰画　　　　　　　　　　玻化砖

地毯　　　　　　　　　彩色乳胶漆

实木造型混漆　　　　　亚光地砖

装饰珠帘　　　　　　　彩色乳胶漆

亚光地砖　　　　　　　装饰画

装饰壁纸　　　　　　　装饰画

装饰壁纸　　　　　　　艺术墙贴

装饰画　　　　　　　　装饰镜面

装饰画　　　　　　　　艺术墙贴

釉面砖　　　　　　　　　　　　　　　　　　　装饰画

白色乳胶漆　　　　　　　　　　　　装饰壁纸

釉面砖　　　　　　　　　　　　　装饰画

装饰画　　　　　　　　　　　　反光灯带

釉面砖　　　　　　　　　　　　手绘墙饰

反光灯带　　　　　　　　　　　　艺术玻璃

装饰壁纸　　　　　　　　　　　　柚木饰面板

白色乳胶漆　　　　　　　　　　　装饰壁纸

白色乳胶漆　　　　　　　　　　　茶色玻璃

地毯　　　　　　　　　　　　　　装饰画

实木地板　　　　　　　　　　　　彩色乳胶漆

装饰壁纸　　　　　　　　　　　　实木造型混漆

彩色乳胶漆　　　　　　　　　　　艺术墙贴

装饰壁纸

装饰画 玻化砖

装饰镜面

柚木饰面板 装饰画

地毯 装饰画

仿古砖 装饰壁纸

壁布的选购

　　壁布是壁纸的升级产品。由于壁布使用的是丝、毛、麻等纤维原料，所以价格比壁纸要高出不少。在选购壁布时，一定要看清楚壁布的品质。复合型壁布材料之间的差别主要是背衬材料的厚度不同。另外，还应注意壁布有没有抽丝、跳丝。

装饰画　　　　　　　　　　　　　　　　装饰壁纸

玻化砖　　　　　　　　　　反光灯带

装饰画　　　　　　　　　　　　　　手绘墙饰

大理石饰面　　　　　　　　　　装饰画

彩色乳胶漆　　　　手绘墙饰

装饰画　　　　　　　　　白色乳胶漆

大理石饰面　　　　　　　　　　羊毛地毯

实木造型混漆　　　　　　　　亚光地砖

装饰画　　　　　　　　　　　大理石地砖

装饰画

白色乳胶漆　　　　　　　　　复合木地板

玻化砖　　　　　　　　　　　彩色乳胶漆

反光灯带　　　　　　　　　　装饰壁纸

壁纸颜色花纹的选择

壁纸的颜色和花纹选择的依据很多，如业主年龄和采光情况等。年轻业主可选择一些用色大胆、图案抽象、个性强烈的壁纸，中老年可选择一些色泽素雅、格调古朴、款式传统的壁纸。也可根据房间的光线来选择壁纸：光线好的房间可选择冷色及色彩较深的壁纸；光线弱的房间可选择暖色及色彩稍艳丽的壁纸。

彩色乳胶漆　　　　　　装饰珠帘

反光灯带　　　　　　装饰画

木质搁板　　　　　　白色乳胶漆

大理石饰面　　　　　　装饰画

茶色玻璃　　　　　　彩色乳胶漆

大理石饰面　　　　　木质格栅

艺术墙贴　　　　　　装饰画

黑胡桃木饰面　　　　　　复合木地板　　　　　　　　　　　　彩色乳胶漆

装饰壁纸　　　　　　装饰镜面

反光灯带　　　　　　大理石地砖

装饰镜面　　　　　　　　　亚光地砖

釉面砖　　　　　　装饰画

玻化砖　　　　　　　　反光灯带

装饰画　　　　　　　　压白钢条

实木地板

饰面地板　　　　　　　百页帘

亚光地砖　　　　装饰壁纸　　　密度板拼贴

装饰壁纸　　　　　　　彩色乳胶漆

大理石地砖　　　　　　白色乳胶漆

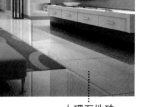

彩色乳胶漆　　　　　　大理石地砖

石膏板吊顶　　　　　　　　柚木饰面板　　　　装饰画　　　　　冰裂纹玻璃

装饰画　　　　　　　装饰壁纸　　　　装饰壁纸

羊毛地毯　　　　　　大理石饰面　　　　装饰壁纸　　　　　白色乳胶漆

绿色涂料的鉴别

1. 看涂料表面。优质的涂料保护层无色或呈微黄色，且层面清晰。

2. 闻一闻涂料中是否有刺鼻的气味，有毒的涂料不一定有异味，但有异味的涂料一定有毒。

3. 如果涂料出现严重的分层，说明质量较差。

4. 用木棍轻轻搅动，抬起后，涂料在木棍上停留的时间较长且覆盖均匀，说明涂料质量较好。

5. 用手轻捻涂料，质地越细腻的涂料质量越好。

6. 仔细查看产品的质量检验报告，尤其注意看涂料的总有机挥发量(VOC)。目前国家对涂料中VOC的含量规定应每升不超过 200 毫克，较好的涂料为每升 100 毫克以下，而环保的涂料 VOC 含量接近零。

亚光地砖　　　　　　　　　　白色乳胶漆

柚木饰面板　　　　　　　　　装饰画

反光灯带　　　　　　　　　　装饰壁纸

亚光地砖　　　　　　　　　　装饰壁纸

装饰壁纸　　　　　　　　　　亚光地砖

仿古砖　　　　　　　　　　　艺术墙贴

密度板拓缝　　　　　　木质窗棂造型　　　　　　装饰画

白色乳胶漆　　　　　　装饰画

白色乳胶漆　　　　　　彩色乳胶漆

装饰壁纸

彩色乳胶漆　　　　　　反光灯带

柚木饰面板　　　　　　　　　　装饰画

彩色乳胶漆　　　　　　　　　　玻化砖

大理石地砖　　　　　　　　　　反光灯带

装饰画　　　　　　　　　　大理石饰面

装饰壁纸　　　　　　　　　　彩色乳胶漆

装饰画　　　　　　　　　　装饰壁纸

地毯　　　　　　　　　　大理石饰面

白色乳胶漆　　　　　　　　　　装饰画

柚木饰面板

装饰珠帘　　　　　　　釉面砖

装饰镜面　　　　　　　实木造型混漆

彩色乳胶漆　　　　　　白色乳胶漆

亚光地砖　　　　　　　菱形车边镜

亚光地砖　　　　　　　彩色乳胶漆

石膏板镂空背景　　　　　　　　　装饰画

装饰画　　　　　　　　　白色乳胶漆

玻化砖　　　　　　　　　装饰壁纸

装饰壁纸　　　　　　　　　艺术玻璃

彩色乳胶漆　　　　　　　　　羊毛地毯

手绘墙饰　　　　　　　　　装饰画

装饰画　　　　　　　　　玻化砖

压白钢条　　　　　　　　　装饰画

白色乳胶漆　　　　实木地板　　　　　　　　　　　彩色乳胶漆

大理石饰面　　　　　　　装饰画

釉面砖　　　　　　手绘墙饰

实木地板

大理石饰面　　彩色乳胶漆

购买涂料的注意事项

现在涂料品牌鱼龙混杂，让人眼花缭乱。不少商家为了牟取更大利润做了不少手脚，常见的手法有以下几种。

1.桶大涂料少。比如一个容积为18升的桶，里面只装1/3的涂料，却给人满装的错觉。

2.不标净重。有些桶上标有重量，但却是毛重，其中包含了桶的重量。

3.利用涂料与水的密度不同做文章。比如：有的一桶涂料6千克，标价150元；而有的桶上却标着6升，价格140元。后者看似便宜，实际上涂料的量比前者少了不少。

4.改变配置比例。比如，乳胶涂料的含水率通常为20%～30%，用木棍搅拌后提起来，涂料应该呈线状往下流。有的乳胶涂料里兑了过量的水，使涂料含量降低，使用时施工面积也就少了许多。

实木地板　　　　装饰壁纸

装饰壁纸　　　　白色乳胶漆

柚木饰面板

羊毛地毯　　　　白色乳胶漆

装饰画　　　　　白色乳胶漆

装饰壁纸　　　　亚光地砖

装饰壁纸

装饰画

反光灯带

柚木饰面板

白色乳胶漆

装饰画

装饰壁纸

胡桃木饰面

木质格栅

柚木饰面板 　　　　　　大理石拓缝

白色乳胶漆 　　　　　　装饰壁纸

装饰画 　　　　　　装饰壁纸

反光灯带 　　　　　　白色乳胶漆

玻化砖 　　　　　　艺术玻璃

仿古砖 　　　　　　白色乳胶漆

复合木地板 　　　　　　装饰画

白色乳胶漆 　　　　　　大理石地砖

装饰画　　　　　　　　　　　　　　　大理石地砖　　　　大理石墙砖

实木地板

反光灯带　　　　　实木拼条

大理石地砖　　　　　　　　装饰画

实木地板　　　　　　　　装饰画

白色乳胶漆　　　　　　釉面砖

地毯　　　　　　白色乳胶漆

大理石饰面　　　　　装饰画

艺术玻璃　　　　　大理石地砖

亚光地砖

羊毛地毯　　　　　　装饰画

艺术墙贴　　　　　大理石地砖

地毯　　　　　　白色乳胶漆

木质搁板　　　　　　　　　　　　　　艺术玻璃　　　　　　　白色乳胶漆

羊毛地毯

地砖　　　　　　　　白色乳胶漆

石膏板拓缝　　　　　　　　　　　　白色乳胶漆

反光灯带　　　　　　　装饰镜面

乳胶漆的选购

1.用鼻子闻。真正环保的乳胶漆应该是水性无毒无味的，所以如果闻到刺激性气味或工业香精味，就不能选购。

2.用眼睛看。静置一段时间后，正品乳胶漆的表面会形成厚厚的、有弹性的氧化膜，不易裂；次品形成的膜很薄，易碎，有辛辣气味。

3.用手感觉。用木棍将乳胶漆搅拌均匀,再挑起来。优质乳胶漆往下流时会成扇面形。用手指摸，正品乳胶漆手感应该光滑、细腻。

4.耐擦洗。可将少许涂料刷到水泥墙上，涂层干后用湿抹布擦洗，高品质的乳胶漆耐擦洗，而低档的乳胶漆擦几下就会出现掉粉、露底、褪色的现象。

5.尽量到信誉好的正规商店或专卖店购买，购买国内国际知名品牌。选购时认清商品包装上的标志，特别是厂名、厂址、产品标准号、生产日期、有效期及产品使用说明书等。购买后一定要索取购货发票等有效凭证。

反光灯带　　　　　　　　　复合木地板

地毯　　　　　　　　　白色乳胶漆

黑晶玻璃　　　　　　　石膏板吊顶

反光灯带　　　　　　　　彩色乳胶漆

实木地板　　　　　　　　　装饰画

白色乳胶漆　　　　　　　　　地毯

石膏板拓缝　　　　　　　　　　地毯　　　　　　　　　　装饰画

大理石饰面

装饰壁纸　　　　　　　　　　实木造型混漆

大理石地砖　　　　　　　　　装饰画

彩色乳胶漆　　　　　　　　　　装饰镜面

装饰壁纸　　　　　　　　反光灯带

装饰画　　　　　　　　大理石地砖

艺术墙贴　　　　　　　反光灯带

彩色乳胶漆　　　　　　地砖

胡桃木饰面　　　　　　　　　装饰画

柚木饰面板　　　　　　水晶吊灯

手绘墙饰　　　　　　　　装饰画

大理石饰面　　　　　　　装饰画

彩色乳胶漆   白色乳胶漆

白色乳胶漆   大理石地砖

白色乳胶漆   装饰壁纸

装饰画   艺术玻璃

复合木地板   彩色乳胶漆

装饰壁纸 　　　　　反光灯带

反光灯带

彩色乳胶漆 　　　　　装饰画

地毯 　　　　　装饰镜面

釉面砖 　　　　　装饰画

石膏板拓缝　　　白色乳胶漆

装饰画 　　　　　装饰壁纸

装饰画 　　　　　玻化砖

水性木器漆的选购

1.货比三家。目前市场上的水性木器漆品牌比较多，质量良莠不齐。所以，在选够水性木器漆时，一定要货比三家，通过各种渠道多方面了解产品信息，重点考虑产品的品牌知名度、质量水平、价格、包装以及是否能够提供良好的售后服务。另外，要选择绿色环保的品牌。这样的品牌质量与信誉度均有较好的保障。

2.自主判断。尽量自主判断与选择水性木器漆产品，有比较性、选择性地接受装饰公司与油漆工的推荐，不轻信、不盲从。

3.选择性价比。选购水性木器漆，并不是越贵越好，也不是越便宜越好，而是应该综合考虑其性能与价格。

艺术墙贴　　　　　　　　　　装饰画

彩色乳胶漆　　　　　　　　　装饰壁纸

玻化砖　　　　　　　　　　装饰画

复合木地板　　　　　　　装饰壁纸

白色乳胶漆　　　　　　　　地毯

地毯　　　　　　　　　　手绘墙饰